JPC
H.K

豐子愷漫畫選繹

圖　豐子愷
文　明川

初版編輯　陸　離
四版編輯　林道群
五版編輯　張艷玲
責任校對　甘玉貞
內文設計　洪清淇
封面設計　吳冠曼

書　　名　豐子愷漫畫選繹（修訂本）
作　　者　明　川（盧瑋鑾）
出　　版　三聯書店（香港）有限公司
香港北角英皇道四九九號北角工業大廈二十樓
Joint Publishing (H.K.) Co., Ltd.
20/F., North Point Industrial Building,
499 King's Road, North Point, Hong Kong
香港發行　香港聯合書刊物流有限公司
香港新界荃灣德士古道二二〇至二四八號十六樓
印　　刷　美雅印刷製本有限公司
香港九龍觀塘榮業街六號四樓A室
版　　次　一九七六年二月香港第一版第一次印刷
一九九一年五月香港修訂第四版第一次印刷
二〇一六年四月香港修訂第五版第一次印刷
二〇二三年八月香港修訂第五版第五次印刷
規　　格　大三十二開（140 × 203 mm）二一六面
國際書號　ISBN 978-962-04-3622-2

【豐子愷漫畫選繹】

目錄

古詩今畫・三十四篇

伍

陸

香山亞黃序

子愷先生的散文很好，就是不曾爲自己的漫畫寫過文字，也許他以爲畫裏的意境，毋須文字說明吧。但意境的傳達，引起讀者共鳴時，其實也有相異之處的；不過這「相異」是二重奏，是和諧，不是衝突。

明川先生心儀子愷，讀他的畫，自然另有領悟更深的一面，於是他們的畫作與文字，相隔幾個年代，仍能氣息互相呼應；明川一字一句深深投入畫裏，子愷的天地越見敞闊了。

我們說子愷的畫，是沾着家鄉泥土芬芳的蘆葦，明川的文字，則好比是依在蘆葦上清晨的露珠。小册子的每一頁是如此清朗，難得的是，畫與文字融洽處，並且爲我們尋回一份失去的古樸感情。

古樸的感情，太遠。可喜如今又可展卷細嚼。

一九七五年八月

孫淡寧序

漫畫是大衆的語言，能突破時空，流傳永遠。

漫畫的價值，是給人以深透的影響力，而不是一刹時的感受。

在中國，豐子愷先生是最有影響力的漫畫家。

豐先生是位泥土味極濃的長者，愛國家、愛人，更愛小孩子、愛大自然、愛和平，總之，畫筆中的每一滴墨，都是濃得化不開的愛，我們欣賞他的漫畫，必須凝神透視畫中境界，才能瞭解他的用筆。

豐先生的漫畫，在抗戰期中發揮了很大的力量，初時，只是低沉帶些兒哀傷，如「停杯投筯不能食」和「五卅之歌」，只是寫出當時國人的憂慮和鬱悶。後來，抗戰在血淚中進行，豐先生開始用悲憤筆觸控訴敵人瘋狂的屠殺，「轟炸」兩圖，就是其中之一。同時，更以革命先烈精神來鼓勵年輕一代；爲國家、爲民族，縱或有所犧牲，也毋須頹喪或恐懼。他告訴青年們：「大樹被斬伐，生機並不息，春來怒抽條，氣象何蓬勃。」中國是大樹，雖遭砍伐，也動不了她的根。

豐先生最疼愛小孩子，也最瞭解小孩子，他把小孩子的眞和美留在紙上，給成人們追憶埋葬的童年，可能驀然記起：自己也曾有過純潔無邪的年代。

豐先生對貧富懸殊社會，懷有極深的反感，他經常描寫窮苦人家的生活，且認爲貧窮對小孩子是最不公平的，其中有幅「貧民窟之冬」，是畫一個小小的孩子，穿着件大人的短棉襖，像一件大長袍，雙手吊在又寬又長的衣袖裏，這是最令人心酸的。還有一幅「再見」，畫着學校放學時情景，一個小孩子走進私家汽車，和另一個提着飯盒的小同學互道「再見」。他的意思是：愛與平等是人類的天性，造成階級觀念的成人，應該反省。

還有，我們必須認識：豐先生是一位尊重生命的哲人，他認爲萬物都有生存的權利，殺生是違反人性的行爲，他畫一幅開沙甸魚罐頭的畫，題爲「開棺」，畫一頭將屠宰的牛，望着主人流淚，題爲「告別」，這都能令人內心震撼。

附有明川小文的《豐子愷漫畫選繹》即將付印，要我寫幾句話。我想說的話太多，且暫藉此幾百字，遙祝豐先生福壽康寧，永無災難！

寫在《豐子愷漫畫選繹》出版前夕

話當年——再版代序

豐一吟

爲一幅幅漫畫撰文解釋，將照着出版，這是一種別開生面的形式。據撰文者本人說，是仿效我父親《護生畫集》的方法。但《護生畫集》是先有文，據文作畫並書寫；本書則相反，先有畫，據畫作文以解釋，倒也新穎別緻。

做這項工作，必須是對漫畫及其作者有過深刻研究才行。明川自幼即酷愛我父親的作品，一九七三年曾在日本作過有關我父親作品的專題演講。一九七五年上半年她與我父親通過信，並把從日本購得的我父親喜愛的畫家竹久夢二的畫册《出帆》寄贈給他。父親深感喜悅，曾稱明川爲「知音者」。明川在給父親的信中附了《門前溪一髮，我作五湖看》、《中庭樹老閱人多》圖文對照的二頁（見本書第一四——一五、一八——一九頁）。記得當時父親看了前一幅的解釋，點點頭說：「解釋得不錯啊！」看來他那時處世的心情是與這一畫一文的內容相合拍的，否則，很難設想在這漫長的八年中，他如何找到慰藉。

《選繹》問世時，孫淡寧女士（她是我大姐——漫畫中的阿寶——幼年時的朋友）還在序言中遙祝我父親福壽康寧，永無災難。這顯然是愛讀我父親作品的一切人的願望。可是噩耗來遲，其實他當時已經不在人世了。

今天《選繹》再版，明川要我寫幾句話作爲紀念。我於漫畫、文學創作都是外行。我就記憶所及，引用了父親當年的這句評語，此外似乎就無須再由我這外行人來囉嗦一番了。

一九七九年九月於上海

古詩今畫

小桌呼朋三面坐　留將一面與梅花

老天，那該打的傢伙居然說：「三缺一，麻將搓不成啦！」寬恕他吧！侷促的都市人，實在難有多一點點美麗的聯想。無論甚麼地方，四個人坐下來，麻將方塊散開，便沒有其他感情，全陷入了彌留狀態——對不起，我只能想到「彌留」這個形容詞！

現在，試想想：山齋小小，竹籬旁、梅樹側，算只有清茶水酒一盞，朋友來了，呼朋三面坐下，熱情無限。留將一面與梅花，不只賞梅，還把梅花當成朋友，那就是天眞無限，雅興無限。

小桌呼朋三面坐，留将一面与梅花
1941 TK

草草杯盤供語笑　昏昏燈火話平生

四碟可口小菜是可愛的，但紛陳的零食更可愛！

油燈相照是可愛的，但蠟燭明月更可愛！

老友正襟坐着談天是可愛的，但盤了腿歪歪斜斜坐在草地上更可愛！

東拉西扯談只要不談俗務是可愛的，但談悶在心裏的話更可愛！

有一隻懶貓看着我們是可愛的，但沒有那個蹲着吹火的人更可愛！

1·10

寒食近也　且住爲佳

這山城，「倜促」是它的名字。住在裏邊的人，只知道一方呎土地，値得兩千塊錢。多少人有過這種聯想：清明前，細雨紛紛的日子，有客拚了泥滑，撥開柳條，踏着落花，跑上山來看你。你開心透了，說着：「亭苑荒涼，亦堪款客。寒食近也，且住爲佳。」小孩童也扯着衣衫嚷道：「伯伯別走。」於是，客就不推卻，果眞留下來，與你對酌細談，住過了淸明才走。

在這山城，去看朋友，留你吃一頓飯，還不打緊，可別天眞得想住上兩天，就是有不懂事理的小孩拉拉扯扯說別走別走，也別當眞，因爲：它的名字叫倜促——住的環境和人情味都一樣！

⊢II

煨芋如拳勸客嘗

也許，如拳大的煨芋並不好吃，但主人的一番情意卻值得珍重。

記得那年，從阿里山跑下來，還未趕到山下，已經日落，只好到山村人家投宿一宵。對於老主人夫婦居然肯讓一羣陌生人住進屋裏，身爲香港人的我們，感激成份很少，只有滿心恐懼，就怕人家立下甚麼歪心。剛睡下來，突然有人叩門，嚇得全身是汗，難道謀財害命的黑店主人要動手了？就跟他們拚一拚罷！可是，門開處，只見老人家提了一籃山桃，又殷勤又歉意地說：「夜已深了，山野荒村，沒有好東西款待你們，就摘些桃子，你們潤潤喉吧！」

到如今，桃子味道如何，全都忘了，但主人情意，卻盈盈於懷。

1·12

青山箇箇伸頭看　看我庵中吃苦茶

首先說山：在香港，舉頭看到，全是傻頭獃腦的山。甚麼靈秀、甚麼蒼勁，都是從圖畫書本裏得來的資料。抬頭之際，也難有悠然肅然的感覺，所以，對山沒有豐富聯想，那眞是休怪休怪。

再說茶：一盞清茶，入口時苦苦澀澀，過了喉頭，那淡淡的甘香，卻縈繞着你好些時刻。它是它自己，不必加糖加奶，初喝的不至欲昏想吐，慣喝的也不會痲木。它就是那麼苦苦甘甘，只因它是中國的茶，不是外國的咖啡。

最後還說：那是很中國詩化的生活——在蒼靈山羣中，擁得一襟山嵐，又覺得山甚有情，齊來伴我，伴我吃盞苦茶。

1·13

前面好青山　舟人不肯住

好一個聰明快樂的舟子。

好山好水，本該依依才對，他卻偏不肯住，還說他聰明？是因他心不旁鶩直奔前程麼？是因他快去快回，能多賺幾個銅板麼？都不。根據佛家說：世上好的壞的都是虛幻。過眼雲煙，看看倒不妨事，但若執着地要住、要佔有、要屬於，那就是把心托在虛幻上，仿似想站在雲端，自然到頭來了無着落，痛苦煩惱便由此而生，因此，《金剛經》說：「應無所住生其心。」

從前聽說僧人不會在陰涼桑樹下住上三晚，爲的是怕生了感情，傷了靜心，覺得十分不對勁，但自己失落得太多之後，就只能說服了，服了。

1·14

門前溪一髮　我作五湖看

「一髮」是最小境界，「五湖」是廣大境界。

能把一髮溪水，當五湖般觀看，那個「作」的工夫，就不等閒。千萬不要以爲是「做作」的「作」，也不要殘忍解爲「自我欺騙」，而是處於狹窄侷促的現實裏，心境的恒常廣大。

在荒謬的世代，靜土何處？五湖何處？誰能天天安躲靜土？誰能日日浪遊五湖？於是只有「作」了。

心境是自己的，可以狹窄得殺死自己，殺死別人，也可以寬廣得容下世界，容下宇宙。是憂是樂，由人自取。市塵蔽眼處，我心裏依然有一片青天，喧聲封耳地，我心裏依然有半簾岑寂。狹如一髮之溪，能作五湖看，則對現今世界，當作如是觀，當作如是觀。

1.15

我見青山都嫵媚　料青山見我應如是

這兩句話，原來包含了一份濃得化不開的寂寞，一種只有天見憐的天眞，一股無可奈何的豪情。

話說當南宋偏安江左，快到奄奄一息的時候，大部份人早已忘掉北定中原這回大業，只沉醉在名利聲色的徵逐裏。試問，少數憂時傷國的又怎敵得多數的醉生夢死？作爲少數的清醒者，必須具有一種天眞與豪情，方能面臨肯定的痛苦和寂寞。辛棄疾就是其中的一個，因此他說：

甚矣吾衰矣。悵平生。交游零落。只今餘幾。白髮空垂三千丈。一笑人間萬事。問何物能令公喜。我見青山多嫵媚。料青山見我應如是。情與貌。略相似。一尊搔首東窗裏。想淵明。停雲詩就。此時風味。江左沉酣求名者。豈識濁醪妙理。回首叫雲飛風起。不恨古人吾不見。恨古人不見吾狂耳。知我者。二三子。

「闌干拍遍。無人會。登臨意。」有甚麼比如此更苦？

1·16

中庭樹老閱人多

我已經很老很老了。

歷史的紅塵冷雨覆我，我聽過漁樵的同話。馮異在我身旁默然獨立，只爲不貪功祿，於是人叫他作大樹將軍。陶潛徘徊不去，告別了折腰生活，人叫他田園詩人。有人折我以遺所思，有人借我繫住征人瘦馬。人憂、人樂，人樂、人憂，全都容在我心。

沒有淚，也沒有笑，只有守了千年的沉默。年年，我青青若此。

從前，有一個詞人，竟懷疑了，就如此說：

「樹若有情時，那得會青青如此。」

我依然沉默，非因蔑視，只因——惟其沉默，才容得下更多。

1·17

溪家老婦閒無事　落日呼歸白鼻豚

趕得氣啾啾，好容易才從像蝗禍般的汽車羣中鑽出來。天見憐，努力衝刺，讓我追及一班正要啓航的輪渡。就是那麼的一個世界，到處是人碰人，有不完的工作、娛樂、約會，一會兒擠巴士，一會兒擠地鐵……等我老了，不再工作，便到鄉下去，買間茅屋，要一泓溪水，有竹籬笆，有小山，然後，養些小動物，還幹些甚麼？古老人才織布、打線球，我嗎？該看看書，不妨磨墨寫字。甚麼都不理會，閒閒的，就只等黃昏，朝門外喊：「回來囉，太陽下山囉。」小動物都回來了……等一等，渡輪泊岸了，要擠車，有機會再想下去。

溪家老婦閑無事
落日呼歸白鼻豚

垂髫村女依依說　燕子今朝又作窠

據說：燕子是多情的。每年，春風還薄薄的時候，牠們就從老遠的地方回來。回到舊日曾住的雕樑藻井、簷下廊邊，細語商量不定。牠們忙了剪風裁柳，忙了銜泥作窠，又忙了呢喃訴說許多遠方可悲、可喜的故事。年年，從不爽約。

人對人說：「明年，燕子再來的時候，我就回來了。」不論是揮鞭，還是解舟，終歸都是去了。

今朝燕子果眞從切切的盼望中回來。小女孩實在高興極了，傍在人的身邊，依依地說：「看！燕燕又造窠啦！」

多情的燕子，無知的小女孩，可知道：你們正在傷着人家的心哩！

1·19

翠拂行人首

昔我往矣，楊柳依依。

當年，湖畔有香塵十里，春風把柳陌的碧綠都凝住，映着半湖閒閒春色。

那時，我還年輕，總愛過着彫鞍顧盼，有酒盈樽的疏狂日子，等閒了春的殷勤，柳的依依。

有一天，我向江南告別，只爲自信抵得住漠北的蒼茫。我對拂首的柳說：「你別挽留，我有出鞘寶劍，自可不與人羣。」

驀地，我從夢中醒來，發現了雨雪霏霏，發現了滿頭華髮，發現了四壁空虛。我已經很累了，甚麼都不願想，只想念曾拂我首的柳絲。

1-20

人散後　一鉤新月天如水

人的一生，遇上過多少個一鈎新月天如水的夜？

此夜，可能是良朋對酌，說盡傻話痴語。

此夜，可能是海棠結社，行過酒令填了新詞。

此夜，可能是結隊浪遊，讓哄笑驚起宿鳥碎了花影。

此夜，可能是狂歌亂舞，換來一身倦意，卻是喜悅盈盈。

但，誰會就在當下記取了這聚的歡愉，作日後散的印證？驀然回首，人散了，才從惘然中迫出一股強烈的追憶，捕捉住幾度留痕。

聚、散，聚、散，眞折煞人了。

今夕，人散後，夜涼如水，請珍重加衣。

1·21

手弄生綃白紈扇　扇手一時如玉

沒有人來打擾，只要一隻閒閒靜靜的小貓結伴。小窗內外迴盪着一股靜謐。那麼深，那麼靜，連本來在窗櫺上爬着的甲蟲，也不敢輕易挪動脚步，只怕那麼的一動，會褻瀆了自然的和諧。

就有這麼一個了無一事的夏日黃昏，不趕得淌汗，也不做活，沒有像鐐銬般的煩瑣問題錮住腦袋，甚麼都不想了，只全神溶在淡淡的斜暉裏。拿着生綃白紈扇，有一下沒一下的搧動，其實，不一定要搧的，因爲並不熱，不知道那是爲了靜，還是有一絲晚涼。

在閒靜中，惟一在動的是那如玉的扇和手。

手弄生綃白紈扇 扇手一時似玉
一九二五

月上柳梢頭

今夕何夕?依舊垂柳，依舊冷月壓人。

眼中沒有火樹銀花，並不曉得金吾不禁。只道倚暖了弱柳，拍遍了欄杆。不要問我爲何冷落了滿城的歡樂，不要怪我垂下頭來，辜負了好月的情意殷殷。

心裏記取的燈月交輝，印象猶新，就伴我渡過這漫長的等待。柳條啊!別輕拂。好幾次，惹得我既驚又喜，滿以爲有人分花拂柳來了。

黃昏已逝，是該走的時分，因爲今夕是今年的今夕，但讓我多佇立一回，讓我多佇立一回。

1·23

今夜故人來不來　教人立盡梧桐影

來?不來?在那一彈指頃來?在千萬劫後才來?還是日換星移了也不來?

如果肯定是不來了，我會痛痛快快一走了之，雖然很苦，但也很爽快。或許，我會哭着哭着，弔那逝去的梧桐影子。偏偏就碰上這「不可預料」。不能走，因爲恐怕剛走開，便來。也不能哭，生怕來了，趕不及抹去淚光。更也不能生氣，只爲沒誰說過來或不來。

是誰?果陀還是撞樹的兔子?

「若有所待」!是它描繪了整個人生!

1·24

幾人相憶在江樓

倚欄杆處，正恁凝愁？

還記得，來一陣微雨，我們依然袖手迎風，說要看洗淨的山河，要聽桐葉的悲歌。我們揮手送走多少度殘照，也擁過無數的秋光。

說家事、國事、天下事，我們曾多少次迎風拭淚。談文論藝，我們竟學人家臨流賦詩。怎怪得別人取笑：這羣狂朋怪侶，沒有喝酒，但早已醉了二三分！

驀地，依樣江樓，可是，人卻各有各的方向。還餘幾個，今夕，抖落滿懷酸腐，然後，把許多瀟灑回憶，拋向煙水茫茫！

幾人相憶在江樓

1·25

欄干私倚處　遙見月華生

有這麼一個偶然的晚上，天空平凡得沒有描述的字句可用。湖水懶懶，遠山悄悄，彷彿都已經入睡的模樣。貪景的遊子不忍打槳浪遊，只怕打擾了湖山幽夢。

對岸寺院，傳來一陣淒迷的鐘聲，定是那些「化外人」在做晚課，也該是上燈的時分，但誰也不要燈。

待得微微夜風過後，月才毫無倚恃，冷冷的上來。沒有燈歌爛漫，沒有微雲掩映，她竟是如斯高孤，誰敢動一絲輕浮的意念？

縱然嫦娥玉兔一切皆為虛幻，但月的冷與孤寂，卻萬年無改。青天夜夜，不知道悔也不悔？

1·26

綉簾一點月窺人

一沙可見世界，一花可證天國！

那就千萬別小覷窗外一點月。因爲：那一點月是月的自己，是月的整體。遠在天外，億萬年前，先於人類，它已負荷了圓缺，在宇宙間永恒奔波。

這一點月曾照古人，今回也來窺我。這一點月曾印千萬湖山，如今，又印在我眼中心間。憑這一點月，我念天地之悠悠，古人、湖山都在我思中。也許，我更在古人、湖山思中。

常自覺所見的一點，就眞的只是一點，那會迫使自己面臨悶局。嘗試相信：天地含情，萬物化生，皆自一點始，大宇宙便在眼前。

1·27

簾捲西風　人比黃花瘦

不見燦爛，沒有搖曳，當我踩着黃昏，去訪那荒涼庭苑，在剛受火烙的石牆邊，就看到了如此黃花！

讀詩唸詞，人家說這「瘦」字最具神韻。思索多少遍，我依舊搖頭，爲的是捕捉不住迢遙的雋茂。看看在陰鬱的牆影下，她果然帶了微微佝僂，肩負了無比岑寂，卻有一面傲風欺霜的顏色。我終恍然：她傲，她瘦！

這個染污的時代，縱得見南山，也不再悠然。東籬寂寞，淵明也許折腰去了。只有她，在那兒瘦了一個秋，又一個秋。

一陣西風，我瞥見你，比黃花更瘦！

1·28

臥看牽牛織女星

「漢之廣矣。不可泳思。江之永矣，不可方思。」

夜夜，看橫亘漠漠天庭不知道多少年代的銀河，有人自會潸潸落淚，癡得爲他數遍指頭等那七夕來臨。

別信那些慰人的謊話，那盈盈一水，並不是淸而且淺，要泳也要不少光年。抬頭看，何曾有多情喜鵲，爲他倆架起可渡的長橋？

七夕，只是個叫人記起傷心故事的日子。其實，用不着擔心這古老的故事會湮沒無聞，因爲——

世上從沒有新鮮的愛情故事，千年萬代，重現又重現，叫人傷心，你要記的只是許多不同的名字罷了！

1·29

啣泥帶得落花歸

春來，春盡，本是無比平凡的事，但年年，總惹來無數的興奮、歎息，只爲她曾燦爛得如此動人心弦，又曾零落得一去無跡。

競誇輕俊的燕子，該是細意營巢，卻又帶來片片落花，惜春者便另有懷抱了。那邊，有人袖手輕喟，爲的是「情知春去後。管得落花無。」這兒，有人淒然下淚，是因「惜春長怕花開早。何況落紅無數。」

春且住！儘管竭力留春，她還得要去！

就只好，留了點點殘英，記取許多回憶。也讓她潔來潔去，漂流處，莫趁潮汐。

1·30

幸有我來山未孤

山是一個靈，是一個未鑿！鎖住無盡的俊秀，只許清風白雲知道。

一百萬年也只不過是個數目，蒼松鬱鬱淡看風月，與山對飲煢獨。偶爾，林蔭深處的漁樵閒話，透露大千世界的訊息，使山十分懼畏，怕俗人的步履會踏碎斑斑的苔痕。

一天，「我」策杖披簑來了，驚訝於那叫人屏息的氣質，貪婪地擁有一襟山嵐。誰在這時刻說出任何一句話，都屬多餘，只爲心的流認同了山的存在。

深山窮谷，上天下地，只有一個「我」！尚幸有山，「我」才不孤單！「幸有我來山未孤」，是詩人的胡謅，你們該明白了！

1·31

客來不用几席　共享千年樹根

算有廣厦華氈、豐餚美酒，那又如何？如果缺了個語意相投的訪客，便似精妙畫圖，蒙一點敗筆。

風過處，有舊時相識的燕子，卻並沒帶來故人訊息。山齋小小，寧甘寂寞，也不忍讓風中盪着無聊酬酢對話。

門外，有老樹盤根，它自根至梢，是如此的一脈相通。根的穩健，梢的招展，渾成了一塊可坐的濃蔭。客來，正好，分享此天地的悠然。何必費神掃几撇席？沏一壺香茶，便可談個上天下地，是如許自然！共坐千年樹根，是如許自然！

現在，就只等，一個語意相投的客，來。

客来不用几席
共坐千年樹根

一枝紅杏出牆來

那是一堵高牆，卻擋不住天地生機！

有一株杏，在雨水輕灑過後，就擒住了青色三分，不在流水，也不在塵土，春光已經偷偷像個無賴兒，閒倚在牆頭向行人招手了。

歷來，就偏愛這一個「出」字，是那麼不猶豫，那麼放肆。牆又如何？誰要鎮日幽閉？管他牆裏牆外，搖曳地就出來了！

行人，驀然回首，好好看凝在枝頭的春！

紅杏不屬於行人，行人也不屬於紅杏，此際，卻是兩兩相屬！

1·33

有酒有酒　閒飲東牕

古來聖賢皆寂寞！都只爲那情操那襟懷，少人領受得了！在高處，悠悠茫茫，古人足音漸遠，應來者未來，那豈只是寒？

遣懷、遣悶、遣閒，有酒有酒！

陶潛低吟：「汎此忘憂物。遠我遺世情。」

劉伶一笑：「枕麴藉糟。無思無慮。其樂陶陶。」

傳說鬼爲夜哭，只爲倉頡造字透露了天地機微。那麼，鬼應再哭，因爲人造了酒，也透露了人性的機微。醉眼中，定有一片蒼茫！

「有酒有酒。閒飲東牕。願言懷人。舟車靡從。」

1·34

郎騎竹馬來

整了整衣襟，還摘一束山花，就在屋簷下，掃好了几櫈，更配上兩個心愛的泥娃娃！十分快樂，十分鄭重。好個漫長的夏日，如果少個伴兒，鎮日怎樣消磨？

嗨！馬來馬來！讓開讓開！

跑過草原，跑過大漠，都不留戀，要趕路囉！

如果有人問起，趕路爲甚麼？就爲了呀，遠方一位姑娘，等着我作個伴去玩啊！

這是個好的故事，但千萬不要讓塵俗的意念污蔑了它！

一段純情的童年日子，離得漸遠，在某些人眼中，這些玩意太古老，太乏味了。

郎騎竹馬来
1941

海棠軒外石欄邊　有風箏吹落

風乍起，在線的一端，站着一個爲失落而悲切的人！

曾經，他如此埋頭躲在屋角，經營着這細緻、柔弱又帶不易折斷骨骼的彩蝶——雖然，彩蝶本來就有着這般性格，但他依然固執地自認是由他發現的。然後，他帶她到園子外去，熱烈地繫上線，柔情地整理，乘一陣好風，讓她上去了！

在地上的他，既緊而鬆地把線放着放着，誰都同意他確用盡情意，但誰都隱隱爲他擔心，因爲，她飄擧得太高了，高得像不屬於這個世界！

終於，老遠處有人說：「哦，有風箏吹落！」

1·36

柳邊人歇待船歸

彼岸，住有幾戶人家。盈盈一水，要歸去，便得等待那可渡的扁舟。

佛有錫可渡，有葦可航，可是，一念間已是世上的五十萬年。人有如許的重擔，還要攜兒帶子，又恐怕，那小舟無法一切可渡。

青青的柳看慣了待渡的人羣。如她不是沉默，定會訴說無數可悲可喜的故事。但她卻只低下梢頭，照拂着焦急的待渡者。

等等，就先歇一歇罷！從來總是有先有後。只要肯靜心傾聽，通常，流水都樂意說着這幾句很簡單的話。

1·39

櫻桃豌豆分兒女　草草春風又一年

眞難忘記小時候，渴望新年來臨的情懷。雖然，怕隔壁小牛哥拿了爆竹到處唬人，怕跟媽在年初一擠進香煙迷了眼的觀音廟上香。但還未到十二月，早已數遍指頭，好容易才等到大除夕，開油鑊，年宵市場架起竹攤子，那就是新年眞的來了。

孩子氣溜得快，覺得過年這回事眞囉嗦，不過，有點利是錢進帳，也不算太討厭的時候，毫無疑問，就是長大了。再過些日子，過年變成一種無可奈何的痲煩，最好負個背囊，到深山去走一遭，免卻許多俗人俗事。又過些日子，向兒女分妥壓歲銀，然後，淡淡歎息：「又一年了！」

年年春風，最看得透人的草草一生！

1·54

觸目橫斜千萬朵　賞心只有兩三枝

乘一陣寒波，侵曉無言，春已彩化了天地。人雖然後知後覺，幸仍趕得及策杖而來。

疏影幽香，只是古人的吟咏。但觸目動情，又豈限在這些字句?仰首處，枝頭朵朵竟遮住了雲淡風輕的日子。別笑癡傻，眞有人呆得穿紅着綠，妄想與她競艷。指指點點，也有人說我愛上整座梅林。

愛梅林，可以。愛三兩枝，可以。這算是隨緣隨份。大千世界，滿目繁花，有時候，就單只愛上那兩三枝——於是，兩三枝就是目中心裏的整座梅林。

花中有您，您中有花，緣便如此定了。

1·62

努力惜春華

天地悠悠，中華的花果飄零，老哲人不禁俯首悲吟。

雲山蒼蒼，蘭花卻根不着土，畫家當該擲筆三歎！

好的種子必需好的泥土，幼苗必需植穩。在可以欣賞燦爛春花之前，天地早在那兒用力，愛花者也早在努力了！

願在浮誇的世代裏，這兒有一片穩定的土。

願在污塵飛揚的人間，這兒有一點清新的空氣。

願在急功近利的俗世，這兒有一個勤懇耐心眼光遠大的栽種者。

暴風雨來臨之前，讓幼苗好好成長。

努力惜春華，功德無量！

1·64

唯有君家老松樹　春風來似未曾來

只要，人不是來自沒有四季的地方，定會知道：柳最嬌柔，也最善感；春風騙不過她，她騙不了人。昨夜，春不過在山那端剛一跨步，今天，她就帶一身浮誇的青青，搖曳得半癡半醉了。松最含蘊，也最深沉；當百花放肆的時候，他依然默默，承受天地生機。

遊春客來，只笑：那棵松，怎地如此無春無夏，沉寂得像老僧入定？且慢懷疑！當落花隨着歎惜，濺得滿階是淚的日子來臨，才了悟：「來似未曾來」，正是一種堅貞，多麼的情意深深！

惟有君家老松樹，最能留春住！

1·57

無言獨上西樓月如鈎

從前，滿腔疏狂，便常笑王粲。要剪要理，也覺只不過是後主多情。偶爾，愛上層樓，就坦然說：「哦！那是年青。」

今夕，風靜得像一根繫舟的纜，把時間繫住。月也無言——能說甚麼？在這缺得如鈎的夜裏。「月有陰晴圓缺，此事古難全。」月該謝過詩人的憐念。

今夕，夜深得似一口無底的井，把時間困住。月也無言——對誰說呢？在這缺得如鈎的夜裏。

夜深了，怎還不睡？那只爲：

我愛造一個歸去的夢，但又怕煞，怕那醒後的無憑！

1·66

兒童相

獨坐

許多人愛看小孩子瘋也似的玩，可別忘了，小孩靜靜乖乖坐下來更可愛。看他拿着慣玩的東西——那怕是兩個小玻璃瓶，三塊褪色積木，誰也不曉得小腦袋裏正湊個怎樣兒的故事。他那一本正經的模樣，嘴角喃喃，就該知道他是認眞得很的了。

人，就在不斷構思故事中長大！

2·3

開箱子

那怕只是尋常角落，一個普通的箱子，在孩子心目中，都可能別有天地。好奇心是人類本能，難怪孩子總愛東搞西翻。可是呵，大人總不體諒，往往提高嗓門喊：「別碰那，跑開，小孩子搞甚麼？」孩子好委屈。但，只要大人一漏眼，機會終歸會來，揭開箱子，仔細瞧瞧，也許還可搞個翻天覆地。

你們有好久沒碰過的箱子麼？去開開，裏面可能有一個小學一年級掛過的褪色校徽，兩張曾經愛過的包糖紙，三封發黃了的老友回函，噢！對着差不多忘掉了的東西，可呆上半天，又凄涼又開心。

小孩子開箱子，是闖新尋奇。

大人開箱子，是翻出沉澱的記憶。

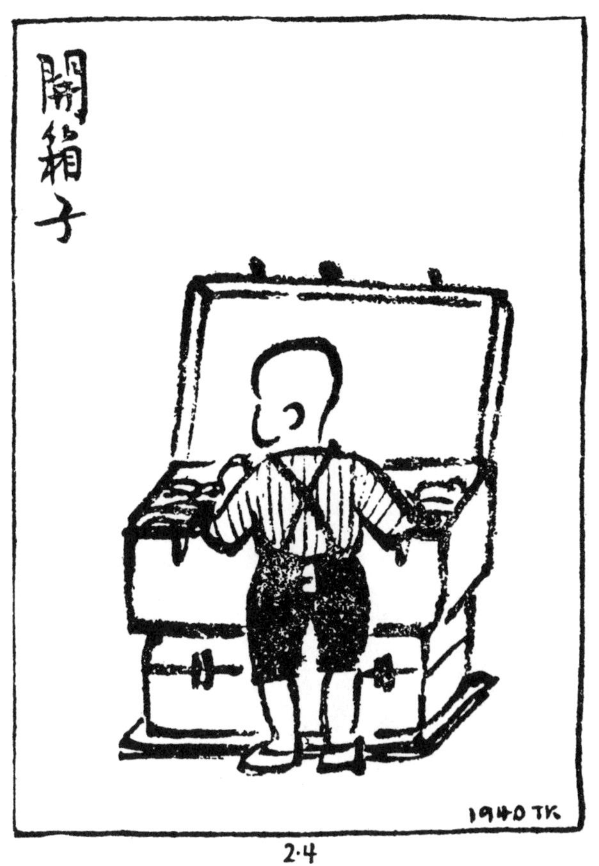
開箱子
1940 TK

搬櫈，脫鞋

奇怪，人離了娘胎，手指能一屈一伸，便懂得抓東西。孩子兩條腿還沒站穩，儘管顫顫危危，東歪西斜地能跑上兩步，便高興搬——那管是積木、餅乾罐、小櫈，總要拿起來，搬上一搬。唉！會抓會搬，還罷了，居然還會扔，小腦袋裏，不知道甚麼靈機發動，說扔就扔，管它是玻璃、手錶、石頭，一律向着任何目標丟去。於是，小鞋落在飯菜碟上，小櫈跌入湯盆裏，急得大人直跺腳，大罵小打，也搶救不及。小孩子呵！卻總「提得起放得下」，十分爽快。

當提得起放不下，或懂得選擇才提起放下時，人就長大了。你會說：「那就不爽快囉！」

嗯！也許。

2·6

2·5

小夢

沒有人確實知道：人從甚麼年紀開始有夢。不管是美夢還是惡夢，不管是造夢的年華，還是過了造夢的日子，夢總會偷偷地、如一葉輕舟，盪入我們的生命裏。儘管夢是如此易破，醒來卻又如此無處追尋，但人絕不因此而不再造夢。人已和夢結下不解之緣。你不要說：「我早沒有夢了。」

拈花微笑，是心與心的溝通，是大徹大悟。拈花小夢，該是寧謐安詳，一片天眞。

噓！放輕一點，讓這夢更甜！

更願你也有一個如此小小的夢！

2·7

「糖湯」

眉頭變成八字模樣，小嘴嘟得長長，眼睛拉成有點像三角，小拳握得緊緊，這像喝「糖湯」麼？當然不啦！簡直是拼命反抗的前奏。

現在的小孩子眞幸福，藥劑師爲他們想得周到，內服藥水藥丸都是甜的，還用大人捉手捉腳，按頭捺鼻，才天一半地一半灌下去？巴不得一口喝完那帶橙味、櫻桃味的藥呢。

有病就得吃藥。藥是苦的，小孩子不知道有益，自然不肯吞。大人迫得造個小小謊話，說是糖湯。可是，一到嘴邊，謊話就破了。有過經驗的，更早就知道「糖湯」是甚麼一回事，趕快嚴陣以待了。奇怪，人總愛留戀目前的不幸，寧願長期痛苦，也不願忍受短暫的苦楚，去接受未來更多的幸福。

我不願對病孩子硬說苦藥是糖湯，只願藥全都甜的，孩子會自願去喝。

2·8

眠兒歌

「噯——噯噯，噯姑乖、噯大姑仔嫁後街……」

好一個大熱天，阿婆坐在竹枝矮椅上，打着大葵扇。光着身子睡竹蓆，雖然有點兒不好受，可是，慣了也就不覺得怎樣了。反正，阿婆有時候還會用手輕輕地，在背脊上掃呀掃的，舒服舒服，唔——從來不知道有甚麼含意，只是聽慣了，不聽便睡不着的眠兒歌聲，漸漸伴我進入矇矓，進入酣睡。

現代的孩子還是會碰上個大熱天，可不要落後的大葵扇、落後的竹蓆了。但，我想：有一樣東西是永不落後，永遠是孩子需要的，那是——一個親切熟稔的聲音，和就是睡着了還會感到的關切。

2·9

十二歲與五歲

十二歲、五歲，都是鬧着玩的年齡。可是，你看：他們是十分認真的。十二歲抱五歲，顯然有點抱不穩，但大的是如此一本正經地抱，小的是如此順理成章地睡，沒有一絲鬧着玩的神色，他們相依得找不出丁點兒空隙，彷彿充滿了愛與信賴。我愛看孩子天真地、沒頭沒腦地、瘋也似的玩在一堆，但我更愛孩子偶然出現一臉正經。當他們不是鬧着玩的時候，大人千萬不要跟他們鬧着玩，也該鄭重地當成一回事才好。

孩子偶然有大人氣，大人偶然有孩子氣，大人、小孩就會有了溝通，這世界可能可愛得多。

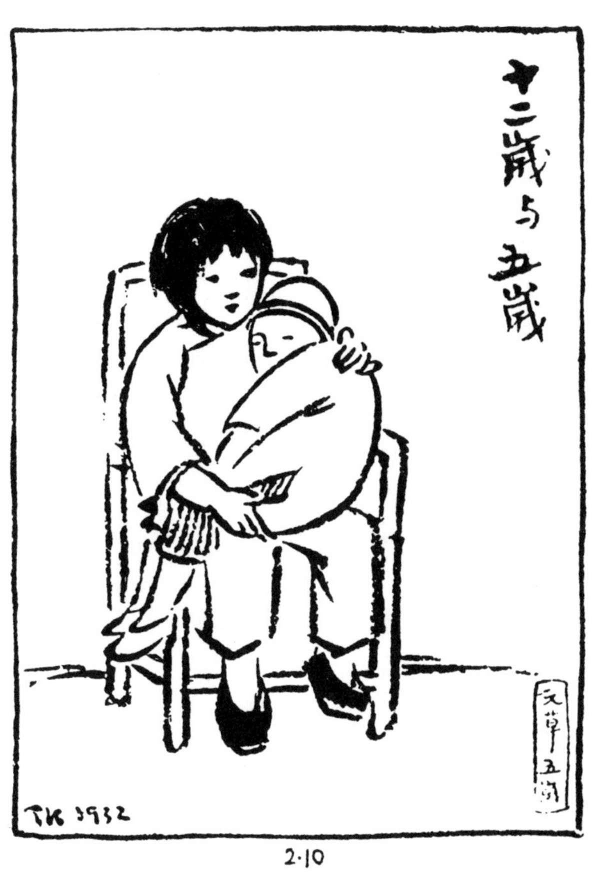

2·10

花生米不滿足

假如眞的是上帝創造了人類，那麼，祂最精彩、也最殘忍的一筆，就是讓人類臉上有着各種表情。先別談只有聰明人才會的假表情，甚麼是眞情？那就是心中的情一動，無論快樂、悲哀、得意、沮喪，只要這麼輕輕一動念，面上的眉、眼、鼻、嘴，噢！該說每個毛孔，每個細胞，都立刻配合起來，擠出一個表情。除非是瞎子，或是粗心的傻瓜，才看不出人的「心」！

我們愛看快樂的表情，但卻忘記了是誰教我們喜歡看的；我們怕看悲哀的表情，也不知道誰教我們怕看的。可惜，人生不滿足的太多，欠缺的太多，於是，我們最怕看的表情，就偏偏要看得最多，也做得最多！

花生米不滿足
阿春三歲
TK
1925
2·11

亡兒

兒：

我知道你並不計較生還是死，因爲，我知道你根本還未懂得生是甚麼一回事，死又是甚麼一回事。但，你畢竟已經看見過天地之光，吸過這世界的空氣，曾被許多人愛過，萬一你眞的捨不得這些，那怎辦？其實，天地間最美好的東西，你早已得到，那是你的福份。許多人窮一生之力，也不過想活在光明和愛裏。可是，兒：你不知道，這世界原來還有黑暗、缺乏、憎恨，只要你活多一陣子，就得學習如何去忍受，如何去克服。有些懦弱的人，過不了這一關，甚至連原先得到的好東西都掉了。所以，兒，你總該安心。

亡兒
TKS. 1925

被寫生的時候(瞻瞻三歲)

我可沒當過畫家的寫生對象，不知道呆坐在那兒，讓人看看描描，是甚麼滋味，不過，想像中，一份耐力，該是少不了的。

瞻瞻，三歲的小瞻瞻，其實是個非常好玩的孩子。他很聰明，很頑皮，也很有聯想力。畫家一定是疼得他要命，所以，用畫筆爲他記錄了許多有趣的「故事」。以後，我們會陸續介紹這些「故事」。現在，先看看他那有點兒「得意」，又有點兒一本正經的樣子罷！倒奇怪畫家用甚麼方法叫他乖乖坐下來？其實小瞻瞻活潑得很，小腦袋裏想得很多。「兒童相」的系列裏，小瞻瞻是主角，就讓我們認識他，疼愛他。

被寫生的時候。
瞻々三歲
TK 1927

穿了爸爸的衣服

小孩子玩的天地眞廣大！

甚麼時候，只要大人不橫蠻，不大聲唬住，就可以戴上爸的呢絨帽，穿了爸的衣服，拖了爸的大皮鞋，認認眞眞的就是個爸爸模樣！不要理會帽子連眼睛都蓋住，也不計較衣服寬大得拖泥帶水，皮鞋長得不受控制、總是一甩一甩的，因爲只要穿上了，便有一副爸爸的神氣！

在孩子的心裏，大人的一切，果眞是個摸不明白、而又十分神奇的世界。他們並不知道長大是甚麼一回事，但卻萬分急於學習。只要看他們玩時的認眞，就該懂得大人心目中的孩子玩意，正是孩子奔向成長的「工作」表現。

2·14

瞻瞻的夢 第一夜

你知道啦，小瞻瞻只有三歲，個子自然矮小得很。從來，最令人生氣的，是那些高高的桌子。高桌子本來沒有甚麼大不了，只是，偏偏許多好玩的東西：哪！有個擺子老是蕩來蕩去，嘀嗒作響的自鳴鐘，爸爸閒來就拿來拉得喔喔怪叫的小提琴，只要我一碰它，媽媽總甚麼工作都丟下，邊跑過來，邊扯直嗓子喊：「別碰，別碰，」的剪刀，只准大人玩，不許小孩子玩的枱燈，爸爸讀書寫字便得把它架到鼻子上去的眼鏡，還有帽子、杯子、茶壺……呵！通通是好玩的傢伙，卻都全放在那高高的桌子上面。所以，第一夜，小瞻瞻造了一個夢，桌子沒有啦！東西都放在地板上……

小瞻瞻開心得要命囉！

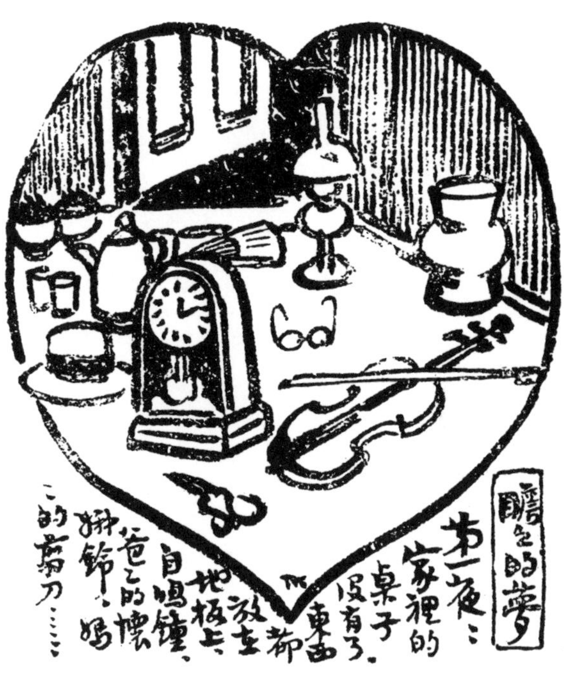
瞻瞻的夢
第一夜：家裡的桌子沒有了。東西都放在地板上，自鳴鐘、爸爸的懷錶、媽媽的剪刀……

瞻瞻的夢 第二夜

你知道啦，小瞻瞻只有三歲，自然好想好想整天在園子裏跳蹦蹦的，又好想好想在媽那暖綿綿的床裏，跳呀跳的。

你大概不知道，園子裏頂好的呀！許多沒有人告訴我是甚麼名字的花兒啦，小草啦，喲！還有蝴蝶飛着，青蛙兒跳着……那兒眞好，只是——那兒沒有媽。一到上燈的時分，媽就要小瞻瞻乖乖的躺在床裏。那兒眞好，那兒有媽，只是——不許小瞻瞻跳蹦蹦，因爲媽說，被褥只許睡，不許在上邊跳的。乖呵！就得靜靜躺在床上。如果——

第二夜，小瞻瞻造了另一個夢：媽媽床裏的被褥沒有了，種滿着花、草，有蝴蝶飛着，青蛙兒跳着……

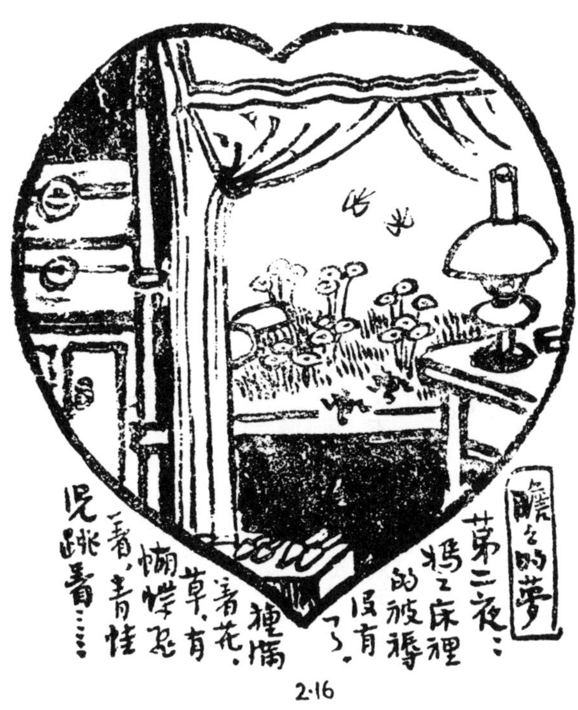

2·16

瞻瞻的夢　第三、第四夜

似乎，從沒聽過人埋怨自己的家裏有個屋頂。

似乎，從沒聽過人願意自己的家門口是個墟場。

小瞻瞻可有點蠻不講理，硬嫌屋頂阻住許多東西，又嫌賣東西的，到門口來來便跑。

喏！小瞻瞻站在廳堂裏，只消抬起頭來，就可以看見天上的鳥兒、月亮。那儘管媽說怕着了涼，不准外出，也沒關係。賣東西的都很可愛，只要不是準時來喊一回便跑，小瞻瞻就有足夠時間，挨到媽身邊，慢慢的乖乖的說：「媽，賣砵仔糕的阿伯來了……唔？」

小瞻瞻一定很高興，因爲夢裏的日子，沒有下雨。

瞻瞻的夢
第三夜：房子的屋頂沒有了，人在屋裡可以看見天上的鳥，飛艇，月亮和鷂子。

2·17

瞻瞻的夢
第四夜：賣東西的都在門口，一天到晚玩耍。

2·18

瞻瞻的腳踏車，瞻瞻的黃包車

沒有玩具的童年該怎麼樣過？

孩子從不會容許自己世界裏沒有玩具的。瞻瞻和許多人一樣，生長在一個沒有像眞玩具的時代，但憑了孩子的豐富想像能力，製造了比像眞更「眞」的玩具，而這些玩具永遠保存在孩子心中，不會腐朽的。

看，兩把葵扇，大人用來搧風，小瞻瞻卻把它變成了一輛頂好的腳踏車；載妹妹的輪車，小瞻瞻卻老實不客氣當黃包車拉起來了。正如你曾躲在牀上，用被呀枕呀圍起來，就成了一條經得起風浪的船，跟小同伴萬里飄蓬去。我曾駕着蘋果箱的飛機，一飛沖天。小瞻瞻，昨天我看到兩句小詩，就轉送給你吧：

在你眼睛裏我找到了童年的夢，

如同秋天的園子裏找到了遲暮的花。

2·19

2·20

Broken Heart

你們本來就不懂得小瞻瞻是多慘的！該怎樣說才好？有時，會有一件事，叫人由心底裏酸上來，一直酸到鼻子頂，淚水就要湧出來，自自然然便跟着得嘩啦嘩啦的哭呀哭。大人總不明白，硬說我在「扭計」。甚麼「扭計」的？小瞻瞻要哭了才能把心裏的酸送走，全心全意的就是哭，從沒想過要人家爲我幹些甚麼。

像這一回，小泥人是外婆到普陀參神買回來給瞻瞻的，叫人疼得要命。誰想最心愛的東西，卻最易碎，也最快破碎。是一下子不小心，它就這樣破了。沒法子叫它再合起來，小瞻瞻是知道的，也不怪誰，心頭裏一酸就哭起來了，只是，你們得告訴我，爲甚麼碎的偏偏要是叫人疼的小泥人啊？

2·21

爸爸不在家的時候

試想想，小瞻瞻爸爸的樣子該不會嚇人的吧？也不會老瞪着眼睛說這不准，那不准的。但那堆滿了書呀墨筆呀墨硯呀水盂呀的大書桌，倒恐怕歷來都是小瞻瞻的禁地。爸爸在家的時候，總在上面看書，寫字畫畫，一下子磨墨，一下子搖那管大毛筆，煞是好玩，小瞻瞻就愛挨着書桌，提高腳跟看得出神。甚麼時候，也依樣玩玩，那就夠好了。你看，小瞻瞻提了筆，專心的樣子！當然啦，爸爸不在家嘛！

小孩子想放肆放肆，就得望爸爸不在家。可是，當遇上困難，出了甚麼亂子的時候，卻巴不得那老天塌下來也擔承得起的爸爸在身邊了。

2·22

爸爸還不來

你知道啦，小瞻瞻明白許多事理，卻只有一點，還沒有弄清楚，就是爲甚麼不許小孩子做的事，大人往往老是大做特做。喏！爸爸是個好例子，他天天擒住書桌，搖大毛筆，翻厚厚的書，快樂得像小瞻瞻玩積木一般，但偏偏不許小孩子玩上一份兒。爸爸愛瞻瞻，就不許人家往街上跑。瞻瞻也愛爸爸，可是，他卻天天說甚麼上班工作去，一清早就沒了人影，叫瞻瞻等呀等，在家門口發呆，也還不回來，你說他是不是蠻不講理？

你看，樂盛里的門口，小瞻瞻眞的有些發呆了。

唔？幹嗎，爸爸還不來？

2·36

軟軟新娘子，瞻瞻新官人，寶姊姊做媒人

小孩子正玩着「婚姻」的遊戲。

家裏或是熟悉的隔鄰，總有些莫名其妙的熱鬧日子。前前後後的幾天裏，大人忙得不可開交，有時比過新年還要忙上好幾倍。相信一定是件甚麼天大的事了，因爲，本來好端端常叫瞻瞻開心的大姊，突然瞧也不瞧一眼，只顧讓人家打扮起來。想跑近去纏她玩，就聽見：「跑開，這沒有小孩子的份兒。」或是「大姐不疼小瞻瞻囉！去愛隔壁的小哥囉！」喲！聽得小瞻瞻好傷心呀。但，果然，不到一會兒，小哥也穿戴得好漂亮，只是看來有點呆，給許多人擁着來了。亂哄哄的鬧一大場——大人說，這就是「結婚」！小孩子倒管不了許多，只覺這玩意新奇，閒來就學樣玩起來了。

2·38

我家之冬

不知道哪個瘋頭瘋腦的人，會說愛冬天的？

沈了面的冬天一來，冷就化成千萬條小蛇，橫蠻地拼命的向人每一寸體膚鑽去。那怕早已穿上了重重疊疊衣服，它還是有辦法叫人直從心底抖出來。如果你愛冬天，就只為了可以揣一懷熱栗子滿街跑，冬衣上有四個大口袋，給你放那些當寶貝似的小紙片，那可要氣死人啦！慢着！如果眞要說冬天有點兒可愛，咳！給我一個這樣子的家罷——幾個談得攏的親人，團團圍住火爐，爐上煮着水，好讓濕濕暖暖的水氣，漫得滿屋子。爐碳堆中，也要煨上幾個甜甜的甘薯。閒話幾句，又渡過了一冬。

我曾說過可愛的冬，但——那已經是很久以前的事了！

我家之冬　2·40　1927 TK

嘗試

有人說：嘗試是需要勇氣的。

其實，嘗試是因爲無知。從混沌一片，到豁然貫通，它的始點，就是嘗試。從無知到有知，是一種進步，但也必須同時體味了痛苦。

看，他快要嘗到甚麼雪花膏牙膏的味道了。手指頭放進嘴裏時的表情該怎樣？我媽媽說她知道，因爲看過我吃了肥皂後的怪模樣。

嘗試得來許多經驗，快樂的、痛苦的、成功的、失敗的，全記取了。人就是這樣的一天一天長大。無知、好奇、嘗試、有知，便堆叠成了人的歷史。

2·41

！？

哦！怎麼啦？你怎不飛啊？

你知道嗎？小瞻瞻很怕困在框框的屋子裏，只要多瞎跑一兩趟，總會碰上了甚麼桌子角，或是給甚麼雜東西絆倒，嘩啦嘩啦哭一頓，留在額上的疙瘩，就眞叫人不好受，所以，小瞻瞻不愛框框。

每天看見你在那更小的框框裏，上跳跳，下跳跳的，一定難過死了。多麼想偷偷跟你一塊兒，到外邊去闖闖。可是，媽媽總野蠻的說：「牠是要困在框框裏，才活得好看。」

現在，你可以飛啦！爲甚麼不動啊？飛呀！飛呀！噢！你怎麼啦？

!?
1927 子愷

罷工

「喂！牛仔蝦女，來呀！玩捉大賊囉！」孩子總忘不了玩在一起的朋友，少一個也不開心。煮飯仔玩得膩，就玩賣車票乘火車，開店時當作櫃枱的大椅子給大人搶走了，就拿竹取棍去玩打仗。吵聲、笑聲把心融在一起，日子眞快過，直到蠻不講理的大人跑來捉人回家去洗澡吃飯，才嗚一聲散了。不傷心！還有明天呢！

但孩子也該有難過的時候，當誰的牛脾氣發作了，誰抵賴了，誰不公道，就會有人把嘴一嘟，撤下玩具，說句「不玩啦」嘔氣走了。可別擔心，明天，沒有誰要道歉，又再玩在一起——因爲，他們都是可愛天眞的孩子。

2·47

快活的勞動者

小瞻瞻可不懶惰，因為要築一座長城呢！一大清早，日頭已經紅堂堂，小鳥吱吱喳喳的，誰要躲懶？小玩伴也趕來幫一把，小泥人乖乖給小瞻瞻坐鎮，國旗插定了，只差一兩個缺口，再搬幾把櫈就成了！

要玩攻城和守城，要玩一個好上午，這工夫是要做的。拿着櫈顫危危地走上一段路，小瞻瞻跌過好幾次，可是，好孩子是不計較的，痛呀也只擦擦眼淚，爬起來又重新努力。千萬不要哭，讓大人知道，就會邊嚷邊跑來說：「是啦！叫你不要頑皮東搬西搬，跌痛啦！下次不要啦！」

想着一座長城快築好，小瞻瞻實在好快活！

2·55

受傷

孩子，眞弄不明白，好端端大夥兒一起玩，誰都把別的事情忘掉，全心全意地「幹」着玩耍。突然，他不知怎的跌了一交，鞋子也飛脫了，哭着叫着。大哥大姊八了眉頭趕忙去扶一把，小姊替他拾了鞋，他卻賴着不站起來。是啦，就是因爲他，兒戲散了，誰都不再開心，幹麼？是甚麼一回事？

孩子，眞對不起，他受傷了。

人生就會有受傷這回事。明天，你會明白，看得見的創傷，看不見的創傷，都能叫人不開心。但願你有許多許多能來扶你一把的朋友，也不要賴着不肯站起來，學習站起來，人就長大了。

受傷
TK 1932

爸爸耳朵裏一枝鉛筆

小瞻瞻有許多事情不明白，就只說說爸爸啦！他做的許多事都不許小瞻瞻做：每天早上出去，很晚才會來；媽要人家乖乖躺在床上，他還在桌子旁搖那管不許小瞻瞻碰的大毛筆，脖子上吊了一條布帶，面上架了個眼鏡，這些都是小瞻瞻沒有的。幹嗎？有時候，他的動作更神奇了，可以嘩啦嘩啦拉一陣子小提琴；可以搖頭擺腦讀一陣子書；但我們小孩子的玩意，卻一樁也不懂得玩，為甚麼大人跟小孩有這麼多的不同啊？

哪！爸爸又有新玩意了，今回竟是耳朵上擱了一支鉛筆，小瞻瞻指着要，他竟偏過頭去不肯給。

2·57

建築的起源

一塊、兩塊、三塊。從小瞻瞻的眼睛、嘴巴、小手指，可以知道他好專心。可能，這個架子已經砌了無數次，也塌了無數次，才砌成現在的模樣。他會一直砌下去，也許，等一會兒，小貓跑來，尾巴一擺，弄塌了；大人跑來，吃飯啦睡覺啦，一把打散了；又或許，小瞻瞻偶然發點小脾氣，自己一小手掌推倒它。但，不打緊，明天，依然，小瞻瞻還是會用心地再砌，再砌！

好幸福的小瞻瞻時代！沒有玩具的槍炮火箭，沒有「兒童不宜觀看」……。

小瞻瞻，繼續砌你的積木吧！別抬起頭來看我們現在的世界！

2·58

「要！」

天地間為甚麼會有「要！」這一回事？

生物要養料、水份、空氣。要生存，要自由，人類要的東西更多。經濟學家說：「要」是源於慾望，有了「要」，才有努力，才會進步。但社會學家和歷史學家又告訴我們，多少紛爭和不幸，都源於人類各有各的「要」！

小孩子，別蠻來！許多東西你可以「要」，許多東西你不可以「要」。「要」得太多，或者「要」些不能「要」的，都會傷了別人，也會傷了自己。還有啊！如果眞要蠻幹，就先得學懂怎樣忍受「得不到」的痛苦，和「要」了「又失去」的傷心！

孩子！那不簡單啊！

2·59

小旅行

悠悠天地，是無極，是太極！

生之旅，是黃粱，是南柯。走，人人終歸要走，態度如何？倒是由君選擇。

「行邁靡靡。中心搖搖。」跨越三千年，行客的悲鳴，依舊迴盪。落月、啼烏、江楓、寺鐘，片片聲聲，都只落得一個愁字。

有人揮一揮衣袖，也不撿拾行囊，散髮扁舟去了。竹杖芒鞋，拚他蕭瑟煙雨，還昂起頭來問：誰怕？

小小旅行，來去如風，在天地間，有如一陣兒戲，不問執着還是灑脫，在撒手之前，都該不失其眞！

2·60

學生相

靈肉戰爭

前面，有歧路千萬條。上帝說：「人類，去吧！給你們自由，給你們選擇的權力！」

於是，釋迦在菩提樹下，苦坐沉思。耶穌處於荒山忍受試探。仲尼一車兩馬，終生倡仁。多少年來，仍然沒法解脫人類的悒鬱，都只爲了那麼一點點的選擇自由！

魚與熊掌；中西書籍跟糖果餅乾；善行和罪惡；果要任擇其一，那就必須有戰爭——一場又一場看不見血的慘烈戰爭。對了，人最大的敵人就是自己！

那兒有抉擇，那兒就有了徬徨。不要詛咒，也不要抖顫，好的壞的，一切總歸自我承受！

3·21

用功

嘩啦嘩啦！要人叫救命的會考、大學入學試都過去了！但有些讀得人氣也透不來的升班試，還未完蛋。好罷，過了關的，請半甜半苦地回頭看這「地獄變」。尚未跨過關口的，苦讀之餘，除下厚厚眼鏡，伸伸懶腰，也看看自己的造像。有幽默感的，還可以苦笑一下！

這個面目猙獰的叫做「一百分」，被壓得八了眉頭的是你、是我、是他。好熟悉的面孔啊！

可是，別誤會，那是一九二八年的故事。嗨！同學，你好！原來五十多年前和現在沒有多大分別。

嘩啦嘩啦，在還未找到更好的代替方法，我們還是要捱下去！

3·24

某種教師

暑假啊一聲溜走，天氣還是熱得叫人想睡，課室裏的日子又要咬咬牙捱過去。萬一交上了霉運，碰上像某種教師，那就叫苦也來不及啦！

年紀輕輕的朋友一定看不明白，站在黑板前的分明是個老師，幹麼頭上卻頂着隻方匣子的？哦！那是具古老的唱機，阿爺管它叫「留聲機」。沒有表情，上好發條，放上唱片，開動了便會千篇一律的嘩嘩作響。如果現在有人重畫這像，改裝上了卡式錄音機，也沒有多大關係，反正，表現的效果一樣嘛！假如你沒遇到這類教師，那得恭喜你，趕快提起勁來享受，那快快樂樂的課室裏的日子吧！

3·26

畢業後

世間沒有畢業這回事！

人生之途，長可以說長得漫漫無盡，短可以說短得只需一彈指頃，但不問長短，人都要承擔許多「業」。誰能畢業？就是死後，仍該有未畢之情，未了之緣，未竟之業啊！

人忍受不住如此的無盡，把生之途分割成一關又一關，教自己好有個目標。跨過了一關，便舒一口氣，彷彿成了一件業。不幸，又必須面臨業成後的空虛，和找另業的徬徨，這豈是始料所及的？

畢業證書掛上了，又要思量升學找工作；工作做定了，又要費心結婚生子。人生之業，開始了，就難有完畢的一天！

3·29

豐子愷漫畫選繹・學生相之三十

不易忘記的生字

人的腦袋眞特別！對有些事物很容易記住，甚至一輩子也忘不掉，只要輕易一提，就立刻現身佔住腦袋了。但另一些事物，卻任你怎樣千塞萬鑿，無論如何，它總無聲無色地溜了出來。不記得就不記得，有時急得人直跺脚，它可能躲在腦的罅隙，彷彿要出來，可是只得個影子；有時就連影子也沒一個，好像從來沒有發生過一般。

學生要記住的東西眞多，但只要肯記，古古怪怪的辦法總能用得上；吃雲吞麵便記起「中庸」，媽媽搓痲雀牌時又想起「秋水」，有趣的例子還多着呢！

哦！黑板上這個字就更難忘了！

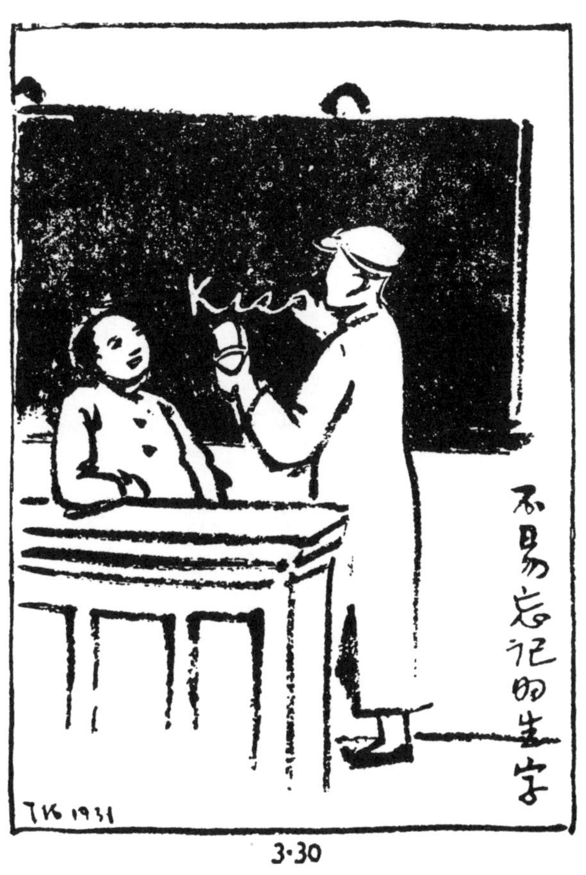

3·30

大考期內

現代城市裏住的人呀！看準這幅小畫。裏頭有一個青年人，你是懂得的。他拿住一本書，像半坐半蹲的在框框內，你是懂得的。但，那框框內是幹甚麼的？就先猜猜吧！

又再看看畫題：「大考期內」，是緊張關頭啊！還用我來囉嗦？那是全家人都暖暖鑽進被窩裏，只有我還要熬夜的大考，是令人腦袋發痲叫命的大考。

得啦！得啦！別一提起大考就生氣，一九三一年，就有人陪你啦！那框框是廁所。現在，該明白了！有過這經驗麼？

3·34

不平發洩處

在一塊平地上，那怕只有分毫的突起，或者凹陷，人不習慣，誤踏了一脚，也會跟蹌跌一交。人心裏有「平」的標準，於是，「不平」的表現會使人不舒服，不舒服就要發作啦！

怎麼發作？小孩子白白給人欺負了，除卻嘩啦吵一場外，倒還可以暗地裏嘰嘰咕咕咒人家肚子痛。長大了點，單單是咒，就嫌不夠勁，必得好好形諸筆墨。簡單方法是躲在甚麼牆角梯間，使勁揮上幾個打倒甚麼的大字，彷彿就寫在那人身上，好讓他永擦不掉，羞他一輩子，這個本不妨事，只可惜，那不是對付不平的最好方法！

3·35

除夜　其二

火蠶食了燭，滴滴，如人的輕喟！

有人毫無感受，用狂歡跨過年與年之間；有人用枕作帆，航進另一年輪；有人蒐集港內汽笛噪音代替自己的歎息；有人站在石英鐘前，用脈搏與秒錶跳動比快。

其實，此夜，時間沒有異樣，依然齕着日齕着夜，把未來變成叫人不及回顧的過去。但——人在此際總得小小結算一次，如此，就該顯得特別了。

托着頭，癡癡看着一九四〇年消滅，是他。又何妨，是你，是我。

曾有一個傻瓜，留了半截殘燭，在黑暗中等待天明！

3·61

民间相

春到人間

《禮記月令》：

「孟春之月。東風解凍。蟄蟲始振。魚上冰。獺祭魚。鴻雁來。……是月也。天氣下降。地氣上騰。天地和同。草木萌動。」

春天是愛，春天是生。用熟睡去捱過殘冬的小蟲，稍稍蠢動了一下蜷着的身軀，寂寞透的寒枝上，拚出了一顆差點兒你會忽略過去的嫩芽，天地之愛，就已經來到人間！人類該最懂得甚麼是愛，甚麼是生，因爲同時，人懂得自由、平等！

自由平等，必須高揚，但也必須有合理和公認的限度。我願誠心默禱：這兩紙鳶，永遠飛揚，卻永不斷線！

4.1

都市相

都市之音

塵網！有人誤落了，他的歎息竟千年不滅。

到如今，假若他可重生，想必默然，只爲——塵網之外，尚有一張噪音之網。

找一個天空藍得有點呆、只有雲最瀟洒的晴朗天，策不策杖也由你，跑到深山窮谷，幽林草地去。當人的笑語停下來時，就細細聽一下：那邊廂，傳來了你以爲是海浪的松濤；這邊廂，樹梢有隻高興小鳥在訴說我們不懂得的遠方故事。再靜一點，也許會聽到一隻冒失蝴蝶在你耳朵邊拍翅的聲音，甚至，聽到沒有聲音的空靈音響！

啊！求你見憐，千萬別帶收音機錄音機去，就網開一面罷！

5·1

除夜（今夜兩歲，明朝三歲。）

年是一頭猛獸，逃得過牠，人們就要互相祝賀。

年的確是一頭猛獸，吞噬了人的一段一段的生命時光，是如此悄悄的，使人毫不察覺。

不是奢侈，我們的生命，正逐着時光流去，在笑裏、淚中、一低首、一跳躍內！

但儘管如何揮霍，我們總得找個機會，停下來一陣子，臨流結算，也稍稍探頭看看前景。除夜，是好有意思的。

假如，在除夜裏，你感到自己的生命，正向着高處、光明挺進，正渴望着明朝來臨的一個新歲數，那你可能還未了解這頭猛獸。又假如，是悵然嗟歎「明朝霜鬢又一年」的，那大概你已知道浪費生命是甚麼一回事了！

5·64

戰時相

戰地之春

戰爭，是亘古以來，存在於生物界間的最大不幸。

人類憑藉了天賦的靈性、聰穎、智巧，使戰爭變得多樣化，殺傷力更强大，侵略更輕易發動，生命更難保障，這眞是對人類一個最奇妙的嘲弄。侵略與自保，强烈地充滿在人性當中，這兩種矛盾的特性，就造成了那最大的不幸。

我國對日八年抗戰，中華民族就以血和淚，繪畫了那不幸的鮮明形象。雖然，八年抗戰，對於長一輩的人來說，已經是一個漸漸褪色的噩夢，對青年一輩說，更不過是個歷史書上的名詞。可是，只要我們肯仔細凝眸，就會發現中國人民的血和淚，還未乾透。對國家民族充滿熱愛的畫家，就用他的筆，把這場不幸記錄下來。

春天，是個生機蓬勃的季節，連小草也懂得爭取生的機會，但這株卻長在血跡斑斑的戰壕上，該又是另一種嘲弄吧！

戦地之春
SH 1938

擒賊先擒王

假如，樂觀一點，我們可以說「戰爭」是一種遊戲。玩着這「遊戲」的人，必須分成敵對兩方，必須拼命保護自己，必須用力侵略對方。佔勝的要訣，就是把對方的首領擒了過來。這是很自私很殘酷的玩意。如果有人告訴你：戰爭中還存有「愛」，或者教我們要愛敵人，那必是個十分天眞的幻象，或是個蹩脚的謊話。

那麼說，參加這「遊戲」的都不對？也不是。人類又訂下了許多共同相信的規條，例如侵略者是不對的，自保者是對的，成功者是對的，失敗者是不對。這些對與不對的，就留給後世史家無數話題了。

日本的步步侵略，迫使我們參加了這場血淚交流的「遊戲」。我們戰爭，是爲了不要戰爭。擒賊先擒王，更是結束遊戲的最好方法。

擒賊先擒王
TK 1939

腰下防身劍　摩挲日幾回

身邊有狼！有狼！

牠正斜了眼睛，伸了滴涎的舌，輕輕抬起前腿，那不是個嚇人的謊話。

光是呼救不再是辦法，因爲沒有甚麼人會來幫忙！這刻，只有自强，才能自救！

要抵抗狼，必須先了解牠；機警、狡詐、深沉、陰險，是牠的特性。胡亂對牠叫囂，只不過告訴牠，這兒有頓可笑的晚膳，也提醒些閒人來看熱鬧。

我們腰間有劍，但必須磨礪。我們胸中有熱，但必須沉着！磨礪自己！沉着應戰！狼來了，不必叫囂！解決牠！

6·3

擬隨斗柄獨迴天

松花江在嗚咽，萬里長城載住了萬里長的國恨家仇，黃河在怒吼！北方，北方的大地，如今在敵人的强暴下，是不是改了模樣？

不！敵人可以掠奪我們的大豆高粱，可以摧毀我們的城牆，可以結束我們的生命，但——絕不可以毀滅我們的民族精神，這是永恒之火！

鄉土，我是一定會回來的！武器的火力轟不斷我與您的根源，外敵的槍炮阻不住我對您的熱愛。但——此際我必須磨礪。磨礪武器並不艱難，只是，磨礪堅毅的心志，察辨路向的眼光卻不輕易。鄉土，爲您，我願意把這不易走的路走完！

擬隨手柄獨迴天
1940 TK

國中生女盡如花

在古代，花木蘭代父從軍的故事，是個天眞的幻夢！

女孩子只配拈針引線、持中匱，嬌弱如花，怎像松柏的耐得風霜？國家有難，也只是匹夫之責，那裏算上女性的份兒？於是，熱情天眞的詩人，爲女性抱不平，設想一個橫刀躍馬的孝女，讓她立下汗馬功勞，不過，她還是要男裝打扮，才可以出場！

八年抗戰，我們嘗到國土淪亡的苦楚，兇殘貪婪如狼的日本軍隊，使我國人民感到了那切骨的痛，願意以每一寸血爭回每一寸山河。女孩子更摒棄了千年的懦弱嬌柔，肩負起救國的巨任！旗正飄飄，我們出征了！

6·5

停杯投筯不能食

書生論政，看無雨的春，多事的秋，檢討憔悴的山、枯澀的河，還有數不盡在噩夢中躑躅、連呻吟也失聲的瘦骨。困在窒悶的世代，他仍「家事國事天下事事事關心」。但樁樁件件，入目入耳的都如此叫人傷神。

有人勸道：「一醉消盡古今愁，就疏狂求醉罷！」

他舉杯，不能盡；舉箸，不下嚥。關心的後果，眞像一場很有歷史的胃病，又似好端端的，說沒病，分明又是重重痛橫亘在心胸。

據說，有一天，他找到了一枚血紅的石章，上面深深的刻着：「家事國事天下事事事傷心」幾個字，才知道自己的病情，也才曉得那是關心的代價！

6·7

摧殘文化

北京人曾數五十萬年，冷眼看人類文化像石鐘乳似的，年年，一滴一滴凝聚。曾聽人類第一聲粗獷呼叫，曾撫第一刀刻甲骨文線條。從巴顏喀喇山，到南海之湄；自盤古有巢，迄此刻此際，文化不斷縱橫鑄造。

它記錄、它沉厚，於是有人敬它，同時，有人厭它。注定，該有遭逢劫數的厄！

誰會摧殘文化?誰?

不知道文化是甚麼的生物會摧殘文化，不知道文化是甚麼卻自以爲知的生物更會摧殘文化，深切知道文化是甚麼的生物最會摧殘文化。看老天的面份，我們同來寬恕不知道文化是甚麼的生物！

6·8

轟炸 一

無論如何，那已經是一個生命！在母體胎中，他早得到了一切生的條件，他蠕動過，但他並沒有錯過。

儘管他來到這世界時，可能面臨許多生的煎熬，也可能是個罪大惡極的魔頭。但，畢竟他已經有了生命，該好好跟其他生命一般，吸第一口新鮮外間空氣，受一線陽光。

母親，爲他孕育了生命，卻可憐得很，沒法子保得住這生命的延續。母親一定很悲痛，並不是爲了她自己的死亡，而是傷痛孩子生的權利被剝奪了。

讓我們記住：日本的轟炸下，有數不盡沒吸到第一口空氣便死亡的生命，更有數不盡帶着悲痛逝去的母親！

6·9

轟炸 二

生命是莊嚴的，死亡也是莊嚴的。

假如，人類是有文化的話，就應該懂得尊重生命，同時，尊重死亡。

戰爭裏，沒有莊嚴，更談不上甚麼尊重，那是獸性復活的污地。

母親的頭，在被炸彈轟去的前一刹那，該是怎樣子的？無限慈愛，偏下了頭凝睇着哺乳中的兒，嘴角掀動一絲只有娘看兒時才會有的微笑——我信！愛、上帝、生之光彩全在那裏，我信！但只消一轟，就甚麼都沒有了。

那死亡，不單屬於母親，更屬於愛、上帝，和生！

6·10

倉皇

一個家！父親，母親，會自己走路的兒子，還未學步的兒子。不在暖暖的家裏，不在熱烘烘的火爐旁。在路上，但不是遠足去。

一個家！棉被、禦寒的衣服、一些必須的應用物，這就是家當，不在有蓋有基的屋子裏。在路上，在炮火中！

這叫逃難，叫倉皇求生！

爲甚麼？成年人倉皇回顧，不明白炮火怎會毀了自己的家，爲甚麼有難要逃？小孩子不明白生和死，不明白爲甚麼好端端要跑出家門，不明白甚麼東西會在耳邊轟轟響！

對不起！這是一個永恒的謎，一個很不幸的謎！

6·24

戰後

狗最忠愛，愛得最永恒，最不問原因。

戰神的手橫蠻地、沒心肝地向某個地方狠狠掃掠。人也許連呻吟一聲都沒有便倒下去了，也許倉皇的逃離家鄉。他們不是不忠愛生命，不是不忠愛家鄉，他們只是眞的沒有更好的辦法，去愛他們所愛的——因爲戰爭是人類自己創造，當然明白那個時刻需要愛，實在荒謬。

雖然，狗也會死，但如果沒死掉，牠們是不會逃離家鄉的。一陣驚惶之後，牠們害怕得夾住尾巴，依舊跑回老家，去尋找主人和飯香。當然，牠絕不明白爲了甚麼，那些舊東西都變了樣子，也不明白主人爲何不在，可是，牠還會不問情由的留戀着老家。

6·25

東鄰弔罷西鄰賀

「冷眼參風月，煮酒聽炎涼。」

時間老叟搖晃着銀絲般的鬚髯，踱過發霉、潮濕的土地。血與恨、淚和愛，揉合成了的歷史，也都不過是陣陣眼前的塵。他可能有「愛」，也可能沒有「愛」，誰知道呢？他是如此的悄悄、冷冷踱過去。當人猛然回首時，塵已瀰目，再過一陣子，卻是歷史家嘮叨賣弄的節目了。

「九一八」、「雙十」，老叟是弔過賀過。侵略者宇垣一成、本莊繁，抗日英雄馬占山，有名無名的革命烈士都早成塵煙，但，如果老叟並不緘默，必會夾着太息，低訴說：「弔也罷，賀也罷，人類始終還未弄明白其中的教訓！」

6·38

五卅之歌

四十六年，長長的時光，足使血與淚變得朦朧，更慢慢的、慢慢的剝蝕了歷史的面貌。

看倚杜而歌者，是如斯悠閒，叫我們如何捕捉那恐怖悲憤的一頃？

民國十四年五月三十日，午後，上海，南京路，徒手的中國同胞，以血肉之軀，抵擋住無數外國子彈。魂魄掠過無限江山，血雖沾了泥塵，卻不再是一溝死水。

民國六十年五月三十日，午後，香港，英皇道，匆匆穿過車塵的人羣裏，有多少人記得起五卅？

對不起！五卅之歌，是首湮沒了的古舊悲歌！

五卅之歌

散沙團結，可以禦敵

沙是無垠，浩浩寂寂，躺在大地上，看似柔波。狂風一刮，便毫無定向地東移西散。於是，有人以爲沙是可欺的，甚至想出句「一盤散沙」來揶揄沙的不爭氣。

忘了是誰開始懂得用袋子，把沙裝成大包大包，堆疊起來，便顯出沙的力量。防彈防洪，可就別小看了它！

只要沙能聚起來，它的巨大會如天如海，沉靜地隱埋了無數顫悸的足跡。在外邦人眼中，宛似混沌一片，內裏卻蘊藏着無限條理。

沙是無垠、沙可無聲，聚起來，敢教狂妄的踏足者迷失方向！

散沙團結
可以禦敵

大樹被斬伐　生機並不息
春來怒抽條　氣象何蓬勃

這棵樹，立在天地之間，已經有數不盡的年代，熬過狂暴風雨的摧損，耐過徹骨的寒冬。烈日拚命想榨乾他的水份，樵夫運斧要砍他作薪。有人對我說：「這是株淒涼的樹，他老他大，總護不了自己的枝。夜裏，會聽見他痛苦地哭泣。這是株可憐的老病的樹！」

一天又一天，樹用殘損的身軀支撐着，沒有人知道他在等待甚麼？只有樹自己知道！

第一片明朗溫和的春落在樹梢時，樹就霹靂的爆出生命的新枝。嫩綠的年輕的微笑，是花果成長的序曲。

誠心默禱：盤根大樹，生機不息，抗風欺雪，花果無極。

6·61

作者跋

草青人遠，一流冷澗。……

這集子裏的文字，是一九七〇年開始刊登在《中國學生周報》上的。那時曾有一宗心願：要把豐先生的每一幅漫畫配上文字。就這樣，每星期寫一篇，寫了兩年多。後來，因事忙停頓了，想不到這一停，從此便無法再有續寫的心情。也罷！就讓它這樣成集，刻記着那宗未完的心願，和那段時間內我的思想感情。

最後，更謝謝爲此集子操心費時的許多朋友。

明川

一九七五年十二月二十八日

再跋

二十年後重看這本書，心情十分矛盾，既覺得它很蒼老，又覺得它很稚嫩。

二十年來，香港變化很大，人的心思、感情也改變不少。讀者作者恐怕都已不慣這種迂迴婉轉的老筆法——在風中月下踱步沉思的日子，太古老！一切追求快速跳躍，講究即時效應，忘記過去，不想未來，憐取眼前人，也不過捕捉莫名的刹那快感，這是香港生活寫照。作爲不離不棄的香港人，我已學會了從多種角度去衡量一切人和事，不覺間已懂配合都市節奏，調整了自己的感情。從好處看，可以說是成熟老練了，從壞處看，卻是天眞不再。驀然回首，才驚覺自己的心境，曾經如此美麗過。正因這樣，多少年來，我對這本少作，依然有一種難言的偏愛。何況，引出這些文字的是豐子愷先生的漫畫，仍然滲透永恒的純樸與溫厚，靜靜如一泓碧翠，反照日月，萬物關情。也許，看慣舞動出格連環畫的人，會笑它的凝定姿態，但這並不妨礙畫家赤子之心的牽繫。

九十年代的都市人，誰還會愛它？

會不會？有人在公務之餘，春秋歲月裏，偶爾在風中月下踱一回方步？有人在極其世故的人事匆匆後，稍一回頭，看看曾經稚嫩而溫婉的面容？有人在對歡笑顏晃動中，突然記起最愛的憂傷眼神？或者，甚麼都不是，只是一次機緣巧合，它有一兩句話中了你的意。

爲了這樣，我下定決心，讓它重現色相。三聯書店願意出版，並請得豐一吟女士題簽及書名，上好的紙，精美的印刷，熱心人的協助，成全了它。

我深知今夜故人不來，但我仍風中佇立，因爲——我確信愛它的故人仍在世間。

一九九一年元月於香江

三跋

一晃二十五年，我總以為一九九一年寫的〈再跋〉已寫盡心中話了。

今回香港修訂第五版，編輯說改了封面，不如再寫一跋以記，遂應之。

重讀此書，翻到最後一畫一文，忽生感觸。

自二〇一五年八月七日般咸道四株細葉榕牆樹被政府一夜間斬首後，我幾乎每週去看殘餘樹身一次。只見斷處綠葉蓬蓬，最初誤為本葉，頓覺果然「大樹被斬伐，生機並不息」。經香港大學詹志勇教授解釋：那是叫水橫枝，若生長進度良好，多年後可變成小樹，但石牆樹決不會回復原狀。

水橫枝，雖嶺南名物，我卻一向並不留意。禁不住查一查典故。

原來「橫枝」乃佛家語。指非傳衣缽嫡系。語出《景德傳燈錄·僧璨大師》。蘇軾詩：「叢林真百丈，法嗣有橫枝。」有注「禪宇謂之法嗣，而禪家旁出，謂之橫枝。」

再查魯迅行事：一九二七年他在廣州中山大學任教，四月十五日，國民黨派軍警到中山大學緝捕學生，魯迅出面勸校方保護學生無效，於四月二十一日正式向中大提出辭職，五月一日寫成〈《朝花夕拾》小引〉，文中忽然有小段水橫枝的描述。魯迅筆下，字裏行間自有玄機，前文後理，不容忽視。現抄錄如下：

廣州的天氣熱得真早，夕陽從西窗射入，逼得人只能勉強穿一件單衣。書桌上的一盆「水橫枝」，是我先前沒有見過的：就是一段樹，只要浸在水中，枝葉便青蔥得可愛。看看綠葉，編編舊稿，總算也在做一點事。做着這等事，真是雖生之日，猶死之年，很可以驅除炎熱的。

前天，已將《野草》編定了；這回便輪到陸續載在《莽原》上的《舊事重提》，我還替他改了一個名稱：《朝花夕拾》。帶露折花，色香自然要好得多，但是我不能夠。便是現在心目中的離奇和蕪雜，我也還不能使他即刻幻化，轉成離奇和蕪雜的文章。或者，他日仰看流雲時，會在我的眼前一閃爍罷。

細讀幾回，彷彿有些聯想，也算離奇和蕪雜。

大樹被斬伐，生機並不息，生出的是水橫枝，再不是細葉榕了。水橫枝就水橫枝吧！我仍把她看成被斬大樹的一體。仍誠心默禱：生機不息。

明川

二〇一六年四月六日